推開一扇面海的窗

莫云◎著

山雨欲來——
心，是鼓脹的帆
無端兜攬了
這惶惶不安的
滿樓風

詩是我心深處的獨白，
也是靈魂臨水的自照。

——莫云

等待一朵花開——代序

都說：一花一世界
在水色回暖的池畔
守候一株睡蓮的甦醒
一個完整的宇宙
就在你荒蕪的心園
層層展開

那是一幅年代久遠的畫面了。讀小六的我，應同學之邀，到她們家庭院「觀察」花開的過程。

很難追憶當年腳底彷如安裝了彈簧的自己，怎能耐心定坐池畔，全神專注，守著一株含苞的睡蓮，盯著它每隔好長一段時間，一層一層將花瓣舒展開來；而後，像煙火般燦然迸放……。

多年來，那幕心蕩神馳的驚豔，總是在我耽溺於文學世界時，無預期地在腦際間綻放。而臨池靜待花開的心情，也在無形中轉化為對文字執著的眷戀。

這樣的情境，在提筆寫詩時，尤其感受深刻。從思緒的發酵蘊釀到文字的琢磨成形，其間歷程，一如池畔凝神，渾然不覺時間悄然走過。

「寫詩，可以消解寂寞。」初涉詩壇，早已遠離強說愁的年齡，也曾對一位前輩詩人的感慨一笑置之。直到旅居海外，客舟聽雨，鄉愁如潮湧來，從詩句間排洪宣洩，方信其言不虛。

更多時候，寫詩對我而言，只是有感而發的不吐不快。心之所動，筆隨意走；悲喜憂歡，盡入詩篇。有時索性全然拋開興觀群怨的牽繫，只是單純地抒發心底最私密、最幽微的感觸，只是誠實地和自己袒裸的靈魂對話——或者，只是閒坐林下，傾聽葉落花開的聲音。

眾聲喧嘩的時刻，愛詩寫詩的人總能在心靈深處守候一片繁花似錦，與塵勞沉澱之後的靜定。

目次

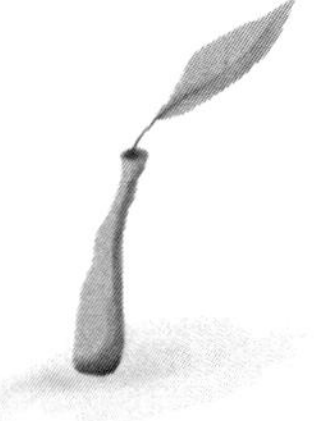

輯一

輯一

山水正好　33

輯二

夜在他鄉 57

輯四

心的風向 83

輯五

輯六

今生有約

流光

走過千里時空
而後，我們終於明白
這風雨陰晴的長路漫漫
無非只是
一場悲喜憂歡的心境流轉

輯一

暮色

耽溺著
浮懸在城市的輪廓邊緣
那延燒的烈燄
終於熄火降溫
從滿面醺醉的酡紅
轉化絳紫青灰……

就是這白日最後一筆顏彩
引發他們戰慄歎息：
「啊，玫瑰的灰燼！」

宛如一段餘音嫋嫋的樂章
教人回想起漸層的愛情
漸漸忘了
如水淹來的涼意

跡痕

*之一

猛抬頭
列印在我心版上的影像都遠了
躡著手腳掙脫一身牽絆
就此悄然隱去
在時空的盡處飄搖
依稀帶著些許眷戀
像線未斷——
卻怎麼也拉不回的風箏

*之二

只一失手，那滿掌
用悲喜憂歡註解的記憶
就驚駭著
紛紛在鏡中碎裂
像散落一地的亂碼
教你忐忐忑忑地
再也無從拼湊
一則輪廓完整的心情故事

永恆的迷思

人說：秋陽似酒
何如春光無限好？

君不見——
零污染的笑容
一朵接一朵燦放
在少女最唯美的笑靨上

薛西佛斯手中的巨石
也一次又一次

推上滾下，滾下再被
推上……

*註：薛西佛斯爲希臘神話中的巨人，因犯過被罰推巨石上山。巨石到達山頂即自動滾下，薛西佛斯只得一再重覆地推石上山。

迴風

無色無相——
這蔭谷的風
來自時空之外
混沌的幽冥

光與熱滅絕的時刻
玫瑰帶露的體香
瞬間轉趨透涼

所有植株紅塵的殘夢
都被連根拔除

浮游不安的靈魂
再也無處棲身

曾經一步一留連的
愛恨瞋癡，紛紛回歸
無終無始的太初

祂，只微笑

——觀「高棉的微笑」有感

掀開百年一瞬的流光
我醒來
面對烽火紋身的大地
我微笑

不為參透
被歲月反覆書寫的歷史
只因遺忘
被風雨來回淘洗的記憶

我醒來——
在每個日落與日出之間
靜觀樓起樓塌的故事

端坐四方
不拈花，我
只微笑

*註：「高棉的微笑」爲吳哥王朝全盛時期，國王加亞巴爾曼七世命工匠按自己的容貌雕築的四面佛頭像，共五十四座。西元十五世紀，吳哥王朝爲暹羅人所滅，並引發疫癘，乃至全城爲荒煙蔓草掩沒，直至十九世紀才被法國人重新發現。

曾經

乾涸的河床
渴望
奔流的溪聲

荒蕪的田園
枯等
滋潤的山色

而稀落的白髮啊
總是苦苦追求著
柔柔亮亮
閃閃動人的青春

*註：「柔柔亮亮，閃閃動人」。某洗髮精廣告詞。

依舊

——仲夏．舊金山

藍天依舊，碧海依舊

漁人碼頭上
旋飛的鷗鳥
爭相逐追著熟識的氣流
纜車歡快地
複製著昨日高低起伏的軌跡

海霧頻頻來訪的時候
這城市也依舊

耽溺在童話的魔咒中
遲遲不肯醒來

紅橋依舊，白帆依舊

老歌也依舊叨叨
叮囑著旅人：
別忘了把花戴上
別忘了
把你的心留下……

*註：《Don't forget to wear some flowers in your head》與《I left my heart in San Francisco》爲歌詠舊金山最膾炙人口的老歌。

老歌

晚風中
餘溫猶存的音符
緩緩滑落
暮色沉沉的光影裏……
就這麼濃稠地
在我心口打起漩渦來

樹下

微醺的
那兩個老人
對飲著
一杯接一杯
醇美的
陳年往事

流光

——給K

你說：怎麼一轉眼就過了三十年
三十年的時光有多長
能不能用失落的記憶來丈量？

我屈指數過
那是一萬多個日子
乘以每個日昇日落
以及分分秒秒
恆河沙數的念想

或者，也可以換算成
等量的季節更替

加上花謝花開
以及緣起緣滅的距離

三十年的歲月有多長？
能不能用飄泊的足跡來測量？

走過千里時空
而後，我們終於明白
這風雨陰晴的長路漫漫
無非只是——
一場悲喜憂歡的心境流轉

後記：日前，突然接獲失聯多年的友人自海外打來的電話，恍然驚覺卅年的時光竟已瞬間流逝，思之駭然。

山水正好

遠離水泥叢林
走進水，走進山
眼前一亮
我就走進了
心靈的原鄉

輯二

出走

出走，走向春天
在第一朵櫻花飄落之前

走向朝露未乾的草地
走向旭日舒展笑顏的山巔
在鍍染暮色的林邊漫步
或者流連，在潮聲吞吐暗夜
星子沉沉入夢的海邊

出走，走向原野
採擷滿筐秋意
在季節的殘妝卸淨之前

出走，走向陽光下的大地
讓和風按摩你沉重的呼吸
或者走向微雨中的小溪
掬取一把冷冷水聲
輕輕梳洗疲憊的心靈
又或者什麼也不做
只是隨興——
出走，在一個閒閒的午後

山水有情

*太魯閣

山石以肌理
撰寫太古洪荒的故事
而後，交給溪聲
日夜傳說

*花蓮

海張臂——
把天光雲影攬入懷裏
山背轉身
臉就黯然綠了

＊鹿野

山，肩挨著肩
只為貪看一彎嫵媚清流
小溪卻扭起腰
頭也不回地溜了

＊日月潭

淚水收乾後
湖說：我累了
山默默拉起雲霧
輕輕為她披上

紫色的慕戀
——北海道「富良野花田」一瞥

一灘
無意間潑灑的紫色水漬
自目光聚焦處暈開……
一把
綠色香炷上的紫色燄火
在跫音落定處引燃……

淹漫也罷延燒也罷
那樣塵埃不染的唯美
就此一發難收地

懾服了這初夏的田野
空氣中夾帶草味的清香
也散逸著久違的矜持
恍惚甦醒了記憶中
古典的優雅

六月的薰衣草啊
是大地紫色的裙裾
在我心頭
輕輕搖顫著

冰河物語

——「哥倫比亞冰原」記遊

那來自極地的風
寒起臉，颯颯然
搧落了大地殘餘的體溫

年復一年，我心深處
因此層層凍結著
生命中不可承受之重的
冰雪心事
堆積擠壓堆積……

直到一陣禁忍不住的觳觫
豁然迸裂胸臆凝固的情欲
如石破天驚——

而後，以百年一瞬的冷傲
自無始無終的天地
從容流赴
生命的另一場宇宙洪荒

雨後

——夏日紐西蘭掠影

搭乘南太平洋的風而來
這小雨，總是戀戀滌洗著
銀蕨與山毛櫸的故鄉

秧雞低調的啼鳴
追隨魯冰花的風姿漸行漸遠
這山山水水，深青淺綠
終於只剩脂粉不施的原色
與塵埃不染的原貌
這田野草坡，終於

只剩牛羊滿地踱步的悠閒
與無邊無際的寧靜

小雨姍姍離去的時刻
這群山懷抱的湖岸小鎮
已在雲遮霧罩中沉沉入睡
只有南十字星不寐的寒光
依舊終宵守護
這塵世最後一方淨土
依舊守護著
每一顆羈旅疲憊的心靈

綠色的回聲

就這樣一一……
一一把我們往下栽吧

我們飢渴的足趾自會盡情延伸
直到繾綣纏抱大地寬厚的胸肌
交杯暢飲春雨沁滲心脾的甘美
讓酣醉的氫氧分子
昇華到每一根飽漲的血管末梢
飛濺千片萬片……
萬片千片深濃淺綠的羽翼

就讓我們茁壯……
不斷茁壯成為一個族群吧

這生命共同體既已緣起不滅
我們自會攜手護衛摯愛的土地
只要從斧鋸囓咬的惡夢中脫身
就能清醒……
更清醒地抗拒山洪無情的噬吞

而水清木華，原本是一幅
又一幅可以被期待的風景……

山水正好

——春日台東行腳

我從水泥叢林走來
走向山，走向水

山外有山
山頂流動著縹緲雲霧
還有八部合音的起承轉合
來自雲深不知處

水中有水
水影映照著田野小路

把一條條明豔的青綠花毯
直鋪到山腳盡處

遠離水泥叢林
走進水，走進山
眼前一亮——
我就走進了心靈的原鄉

大海也有溫柔時候

怒吼著，誓言毀天滅地的
那場濤掀浪湧的激情過後
被歇斯底里蹂躪的溫柔
總是認命地在體內重新發酵

伸吐貓舌——
我輕舔受傷的海岸
任憑過往船隻
把我疲憊的胸膛當做搖籃
舒展長臂——
我擁抱落日滾燙的心事

傾聽失眠的夜風叨叨傳述
一則來自遠方的故事

啊，這潮聲狂亂的鼻息
終將臣服於夜色無底的沉寂
一如我心深處波瀾不起
怕只怕，冷眼獨對孤星寒月
就此涼透回溫熱心！

水戀

——威尼斯印象

撐起篙，那貢多拉
就滿載一船歌聲
穿行在這城市
縱橫的血脈間

歌聲如水
輕柔地滌洗著
每一雙疲憊的眼神
也喚醒了
旅人沉睡的青春

只一恍神
你就陷溺在粼粼水色中
被無底無邊的浪漫淹沒
像船，眷戀著水
像嬰兒，眷戀著
母親恆溫的子宮……

*註：貢多拉（Gondola），威尼斯水道上黑底金漆、首尾高翹的遊船。

燈色流轉

——夜行綠色隧道

暮色燃盡後
這漫天漫地的綠就暫且噤聲了
穹頂上枝葉交臂入夢
站夜崗的路燈強睜起沉重的眼皮

你以為這該是心情打烊的時刻
眼前卻豁然亮起
千盞萬盞燈色，燦燦然
如世紀末滯留的獅子座流星雨
陣陣撲灑而來……

燈色流轉間
意識自炫目的恍惚中被抽離
失重的靈魂
倏然漂泊於時間的光流上
一路洄溯著片斷顯影的愛恨瞋癡
從光影明滅的前世
蜿蜒穿越　疑幻似真的
你那浮沉不安的今生

午後，櫻落如雪
——春日「麗澤學園」紀行

始終不曾放下
那片片飛舞的粉色
正是我戀戀踟躕
欲言又止的——
紅塵心事

不甘任它零落成泥
這美麗的點點輕愁
只能細細說與風知

風無情
瞬間搧落滿春花事
紛紛飄墜……
如夢，如幻滅泡影

後記：仲春，伴隨友人送女赴日本千葉縣「麗澤大學」就讀，適逢花季；
校園內櫻花盛開，如雲似霧，教人驚豔。

夜在他鄉

鄉愁因此恆常清醒著
被攪擾為碎片紛紛
漂流在
浮浮沉沉的夢境邊緣

輯三

春茶

飛越流光
你捎來一罐凍頂烏龍
夾帶著遠方泥土
熟稔的體溫
以一壺琥珀水色
滋潤了我苦旱的心田

正是乍暖還寒時節
我問：那雲霧縹緲的茶園
　　可還落著小雨紛紛？
你說：青山紅顏未老
　　陽光也還年輕……

那一日
我們反芻著濃釅的往事
用一注記憶的暖流
緩緩泡開了萎凋的青春
也喚醒了回甘的茶香
只一碗——
就破解了
鄉思的沉沉孤悶！

後記：旅居海外時，友人來訪，曾贈以凍頂烏龍茶，一解羈旅他鄉的苦悶。

*註：盧仝《七碗茶》：「一碗喉吻潤，二碗破孤悶……」

夜在他鄉

未及回首——
夜，就這樣被移植了
那一身凝重的底色
終於也墜沉到深不見底……

揀盡寒枝的藍鵲闔眼後
這滿窗唧唧蟲鳴
兀自不甘就此消音

鄉愁因此恆常清醒著
被攪擾為碎片紛紛
漂流在

浮浮沉沉的夢境邊緣
一如終宵不寐的星子
戀戀守望著
山巒沉沉睡去的身影

異鄉月

*之一

這清冷月色
竟是似曾相識的
彷彿總是那樣孤寂地
高懸在望鄉的夜空上

既是他鄉知遇
不妨借用這片寒光
用來包覆瑟瑟抖顫的
你那一身
赤裸裸的鄉思

*之二

怎麼看
這陰晴圓缺的月色
都像失血過多的鄉思
一臉蒼白地
仰躺在
唐詩宋詞的扉頁上

推開一扇面海的窗

就把窗框當畫框吧
這幅立體派的景色可是活生生的

偶而，你放進一室綠色的晨風
那聲聲呼嘯著闖入的松濤
還隱隱夾帶著潮聲拍岸的脈動

暮色微涼的時候
那些鍍上薄金的點點帆影
也還緊緊依戀著大海的呼吸

不眠的夜裏
這一窗疲憊的海灣總是沉默地
包容著一整座城市的燈火輝煌

而遠方，那風中迴蕩的喑啞歌聲
可是來自夜夜凝淚成珠的鮫人？

這不眠的夜裏，你將驀然驚覺：
從失去的地平線那端源源湧來的
不是乍起的海霧，而是
一波波
跨海尋來的鄉愁

牽繫

*之一

那條線總也剪不斷
從記憶的起點拉出
一路串接起一段段
或離合或悲歡的故事
然後，自你心底岔出
橫一條、縱一道
糾糾結結……
忙著網捉一張張
或清晰或模糊的面容

*之二

那條線總是理還亂
在我心深處盤繞
團團緊打著一個個
時間與空間交會的情結
或許，我可以抽出頭緒
再用一把拋繩槍
將它從此岸射向彼岸
讓這綿長不絕的思念——
牢牢連接起他鄉與故鄉

心的磁場

——冬夜返鄉印象

囫圇吞吸一口
鬧嚷嚷的空氣
啊，這鄉音溫熱依舊
夜色只是微涼

小雨張臂迎來……
這城市不眠的霓虹燈
兀自眨拋著熟悉的媚眼

一路複製著
深深淺淺的腳印
我聽見落地的跫音
軋軋　踩碎了
一身冷冷的鄉愁

暗夜
——「九．二一」隔海望鄉

那條被禁錮地底的惡龍
咆哮著，猛一翻身
倏然抖落百年附身的魔咒
賁張利爪
一把撕裂了沉睡的大地

夜，瑟瑟然
星子抖顫如風中殘葉
整個世界被瘋狂搖晃成
末世紀的苦海孤舟

而後，天空轟然塌陷——
山崩了橋坍了路斷了屋倒了
整個宇宙
也顫顫抖抖地垮了
千百個無辜的靈魂被襲捲著
墜沉到闃黯無底的噩夢中
所有成聲與不成聲的哀嚎
有淚與無淚的悲泣
都被無邊的黑夜一口吞噬⋯⋯

那惡龍終於潛回地底蟄眠了
時不時還擺尾一掃
無情地挑逗著
一雙雙驚魂未定的眼神

血漬斑斑的嘴角兀自垂掛著
猙獰的冷笑

隔著半個地球，我的心
止不住觳觫地抽搐起來

當島嶼不再戰慄
——「九廿一地震」後記

從無邊無底的黑暗中傳來的
那島嶼動地驚天的哀嚎
聲聲凌遲著每一片薄脆的耳膜
山河變色土崩石流的怒吼
轟然震裂了每一顆易碎的心靈
……

恍惚間，我聽見
廢墟中迴蕩的哭聲已漸喑啞

只有顫抖的瓦礫
依舊在漫慢長夜中無聲地啜泣

當大地的怒火終究逐漸平息
那重創的島嶼，已然
咬緊牙，抖落一身驚恐
從夢魘的劇痛中掙扎醒來
重新調整呼吸
在金色的秋陽下迎風站立

……
當潮汐頻頻舔舐妳累累的創口
海風輕輕撫拭妳斑斑的淚痕
當浴火的島嶼啊
終於停止哭泣——

在美麗的婆娑之洋上，我知道
福爾摩莎將是妳永遠的芳名
一如人間那最初始的驚豔

失焦

——羈旅歸鄉有感

彷彿，我不曾離開過
這河堤上柳色依舊
土地廟前爐香未斷
榕樹下那盤打盹的殘棋
猶未了局

正是這樣的場景
彷彿——
失落的時空再次複製
中斷的音符重新續弦

這街道市聲依舊鼎沸
行人腳步匆忙如昔

我彷彿不曾離開過
這湖面一彎新月
容顏依舊如此熟悉
街燈下，夜尚年輕
只有涼風
一路踢老了落葉紛紛

想念一隻貓

想念一隻貓，在清晨
踩著晨光斜側的身影
牠溜進屋內，戀戀磨蹭
親暱地喚醒了
你心底沉睡的溫柔

想念一隻貓，在午後
玫瑰花傳染著發起高燒
瞇著眼，牠慵懶地
把自己躺成了綠草地上
顛覆季節的一撮雪

想念一隻貓，在深夜
籬牆上行走著無聲的跫音
一縱身，牠已然撲入視窗
瞬間驅散了你眼中
滿室無邊的寂涼

後記：旅美期間，鄰家白貓日日來訪，流連不去，也消滅了我客居異鄉的寂寞。

柏克萊夜未眠

一轉身
暮色已沉降，潛伏著
棲息在這城市的外圍
冷眼旁觀滿街燈影
匆忙遊走

人行道上
薩克斯風嘶吼著
奮力自重重疊音間突圍
脫隊的音符
在空蕩的夜空中

彼此慌惶追逐
急著重組
一曲褪色的藍調

燈色遊走匆忙
光影幽微處
只有街角那個流浪漢
依舊踡屈著失憶的眼神
依舊漂流——
在夜的荒漠中

心的風向

山雨欲來——
心，是鼓脹的帆
無端兜攬了
這惶惶不安的
滿樓風

輯四

忘

有那麼一時片刻
我選擇了
選擇性的遺忘
忘記昨日
忘記質變的愛情

或者，無可選擇地
忘記方向
忘記廊簷下的風雨
也忘了生命中
每一張逾期未付的帳單

就是那樣的時刻
我甚且忘記
我的心啊——
曾經是夏日的長春藤
蔓生著
爬滿了海邊的小石屋

沼澤冬日

冷不防，時序就此入冬了
遠遠近近
這滿目草色只是一路枯黃
浮板棧道上跫音漸稀

水蠟燭們已然燒盡一身華彩
只有失血的莖葉
兀自密匝匝
挺身戟立如鏽鈍長劍
誓死守護這一水塘的枯寂

而枯寂，竟是這天地間僅存的色彩

儘管水鴨們總是悠緩來去

這深深淺淺

一色陰灰的水色天色

依舊濃稠得裁剪不開

一如沼澤深處不曾揭啟的

你那迷宮一樣的心靈風景

寂寞（二帖）

＊

心的角落
最陰暗處——
那隻蜘蛛
在自己結的網上
迷了路

＊

不眠的夜裏
你聽見
一隻春蠶
沙沙有聲地囓啃著
那片心型的桑葉

一座島的追尋

漲起飽滿如弓的風帆
航向天空海闊的浩瀚

這一趟滿載的，不是星光
而是一船
不識愁滋味的年少輕狂

直到雨聲風聲拂過
潮起潮落拍遍船舷

視線與海平線交會處
那島的輪廓隱約浮沉眼前

只瞬間，又漂向
雲深不知處的緲遠……

而此際
這滿船沉沉殘夢既已卸盡
且撐起風雨紋身的檣帆
極速前行——
緊緊追隨一座島的投影

秋意

＊銀杏

風起處
一股青春褪盡的涼意
自脊樑猛然躥起

紛紛見捐的秋扇
瑟瑟抖顫著
搧落滿地枯黃的陽光

＊梧桐

這滿階滿院
掃不勝掃的

不是落葉

是你心頭
窸窸窣窣
永不平息的煩惱

*楓

除卻風的惋歎
無人珍惜
這季節最後一幕
最唯美的演出

縱是拚盡一身血色
也只贏得
一首烈火紋身的題詩

一株看海的樹

那盤桓崖頂的孤鷹
終於也被海平線吞沒

守候多少日昇月落
我依舊在歲月的跫音裏
打著拍子
數著潮汐或輕或重的呼吸

任憑天風海雨梳洗去
牢牢植根紅塵的自戀
直到獨立蒼茫
成就這一世最醒目的紋身

旅人

打包風霜
把滄桑收進行囊
從一個城市
到另一個城市
我吃力地搬運著軀體
換取 靈魂
想
飛
的
自
由

想飛

——致希悟給

二月，桐花未開
你從早春
回暖的詩意中走來
眉眼間兀自鏤刻著
北國清癯的風霜

從北國的風霜走來
你一路堆疊著歲月
如堆疊沉沉卵石
磊磊——
形塑出生命的重量

生命的行囊如此沉重
而我們依舊背負著
傳統與現代的包袱
從一個城市
走過另一個城市
依舊放任不羈的靈魂
隨意飛颺

只為追求
一整個天空的
自由

後記：二〇〇七年春節期間，在三義木雕博物館「詩與雕塑的對話」活動中，來自冰島的藝術家希悟給（Sigurgeir Thordarson），以多媒材的後現代雕塑詮釋拙作《旅人》。這場「第N類的接觸」，使我驚訝於文學與藝術的意象竟能跨越時空，而彼此之間卻又「零距離」的交融。

心痛的感覺

＊之一

那刀，閃著寒光
筆直射來——
本能地，一閃身
它就中間偏左
斜插在
你胸口最薄脆的肌理上

＊之二

那杵聲
一舂舂鼓搗著
心，就這樣凹陷了

今夜沒有風

總是想在有風的天空
放一只風箏
讓年輕的夢想
有所牽繫地飛揚

或者，在有風的窗口
懸吊一串風鈴
讓鈴聲追撞著笑聲
歡快地銜接起遙遠的童年

有時也想在有風的午後
闖入山水幽會的空間

竊聽漣漪與松濤的私語
或者，在田野間隨意遊走
用心聞嗅泥土的原味
讓禁錮的靈魂自由地呼吸

如果風兒也有疲倦的時候
那麼，就在夜的入口
架起一張捕夢網
網住一畦溫度恰好的陽光

段落

*

這就是轉彎的地方了
她說她必須離開
一如辭枝的秋葉
安靜等候
另一個季節到來

*

他已卸妝
觀眾兀自不肯散去
盼著帷幕再啟

結束這無限延長的
中場休息

*

擁著微笑入睡
無需期待下回分解
他們知道——
故事終究會在夢中
自行奔回本壘

砍掉一街的樹

那電鋸嗤嗤獰笑著
露出森森利齒步步逼近時
我看見那兩排老樹
就這麼無助地
觳觫地抖顫著

而後，無所倖免地
枝葉被截肢——
樹幹被腰斬——
我的心
也因此一路被來回凌遲著

直到這面貌蒼白的街道
終於被抽乾最後一滴
深綠淺綠的血色
無所遮掩地裸露著
陌生的荒涼

直到這天空無所遁逃地
終於被鋼筋水泥
切割成一色僵硬的單調

啊，我的胸口也空曠著
禿化成無所蔽蔭的荒原
直到最後一絲痛覺
也在烈日下蔫萎了……

輯五

在轉捩點上

諸神緘默的空茫裏
方位不明的記憶
慌忙張網
依舊捕撈不著
每一瞬間的心靈悸動

在夢的邊境流連

數不清多少長夜
總是在黎明來臨之前止步
擁著殘夢
在睡與醒的交界浮浮沉沉

昨夜的風
恍惚還在虛擬實境中進進出出
迷路的足跡
也忙著在真情與假意之間遊走
好讓忐忑的靈魂
隱身在笑聲與淚水的面具背後
或者，在得與失的天平兩端踟躕

踩著灰階上上下下
在黑與白，在是與非之間
來來回回……

數不清多少時日
總是在夢的邊境流連
惺忪著眼
在過去與未來之間瞻顧
或許，我原本不該醒來——

鳶尾花

——「蓋提博物館」驚豔

不要被烈日強光眩惑
花葉下，那一筆筆
油彩尚未乾透的紅橙黃褐啊
哪是泥地？
是火，活生生燃燒著的火！

來自天堂或煉獄某個角落
正是那一把燙手焚心的烈火
在耳際轟然怒吼著
猙獰著眼，吐著滾燙的舌

熊熊延燒而來……
終究沒能將我一口吞噬

這塵世
儘管只剩一路荒涼焦土
我卻報以
朵朵開自烈燄中的燦美
一如羽翼灼傷的青鳥
始終癡情守候
那則鳳凰浴火的神話

*註：「鳶尾花」是梵谷去世前一年在聖雷米的療養院所畫，當時他正以繪畫寫生來對抗精神崩潰之後產生的幻聽幻覺。（此畫目前由洛杉磯「蓋提中心」Getty Center 收藏。）

向生命挑戰

——「阿卡波卡」觀懸崖跳水

風中，他舉臂
將自己凝固成一座
勇者的雕像

滿場視線和呼吸
戛然停格的靜默中
只有崖底白浪嘩嘩
重播著生命的潮起潮落

直到遠處的海平線
在降溫的暮色中
被拉成一條緊繃的弦

而後，一個飛燕凌空
你就聽見
那血色夕陽的倒影
噗通——墜落海中！

*註：阿卡波卡爲墨西哥濱臨太平洋的度假勝地，每日兩場「懸崖跳水」的表演（從一百二十米高的懸崖往海裏跳），既驚險又刺激，也吸引了來自世界各地的遊客前往觀賞。

一個老兵的淚

——在「越戰陣亡將士紀念碑」之前

螢光幕上，我看見
那老兵佇立良久
顫抖的指尖溫柔地撫觸
一個被禁錮在黑色大理石上的名字

恍惚間，我聞到
煙硝味兒好刺鼻
隆隆炮聲在他耳際間炸開
亞熱帶叢林吸血的蚊蚋
正頻頻圍攻他渾身過敏的觸覺

匍匐前進，臥倒，開火！
啊，伙伴撐著點，不能倒下……
你可知故鄉的岸上還等待著
多少雙伸張的臂膀和凝望的眼神？

那老兵的淚水，終於
沿著面頰上結疤的傷痕緩緩淌下
此刻，我清楚地聽見
他淚水中無聲的吶喊：

安息吧，悲愴的靈魂
但願你們走過的路
永遠不再被人踐踏！

世紀驚爆

——記九一一爆炸事件

驚雷一爆
螢光幕上濃煙密佈
東岸高樓叢林中
火光乍起

怔忪間
又見一架飛機展翼離弦
射破晴朗藍天，一箭
穿透另一座大樓的心臟
烈焰狂燒

煙塵蓬起如濃濁噩夢
樓身碎裂伴隨血肉飛濺
而後，層層塌陷
轟然坍落至無間煉獄

舉世驚怖的眼神中
那一雙巍然傲立的地標
就此相繼灰飛煙滅
殘垣瓦礫下
只剩一場不醒的夢魘
和滿地破碎的心

後記：二〇〇一年九月一日，恐怖分子劫持美國飛機衝撞紐約世貿中心與五角大廈，造成重大傷亡，舉世震驚。

點燃一朵燭光

——悼九一一罹難者

點起一支小小的燭火
讓朵朵光暈
照亮你的我的他的臉
這一張張
眉高眼低唇薄嘴厚
髮色深淺膚色濃淡的人
血管中奔流的，豈不是
同樣鮮紅同樣溫熱的血液？

平日，展露一樣友善的笑容
今夜，淌落一樣哀慟的淚水
為那千千百百個埋葬廢墟底下
永遠停格的笑與淚

點起一支小小的燭火
讓朵朵光暈
照亮這長夜最黑暗的角落
導引每個迷路的悲傷的靈魂
讓凝聚的體溫
傳輸你的我的他的手
解凍每一顆最冷硬的心！

後記：九一一事件後，全美各社區紛紛發起燭光晚會，悼念不幸罹難者。

人妖悲歌

——泰國「芭達雅」見聞

如果，一張脂粉塗敷的面具
就能輕易遮掩陰陽錯亂的憾恨
為什麼一具重新拼裝的軀體
難以承載
生命中的一路踽躓崎嶇？

如果這一刻光影流轉的絢爛
足以瞬間引燃騰沸的血液
為什麼曲終人散之後的冷清
始終無法平熄

我心深處熊熊熾烈的
煩惱如焚？

都說世間真相俱不著相——
管他燈紅酒綠消逝如露如電
紙醉金迷醒來竟是夢幻泡影
我只知
眼前這歌臺舞榭的顛鸞倒鳳
無非只為　顛覆
一場迷離撲朔的亂世浮生

一個英雄的汗
——「NBA籃賽」觀戰

那一整座城市的燈火都
發光發熱的時刻
觀眾滾燙的血液也騰升到沸點

六七比六九、七四對七三
這場數字的拔河賽
就這麼拉鋸地熬煎著
螢光幕前每一雙著火的眼神
直到終於凝止
在死生一線的天平兩端

最後七秒半，傳球、突圍……
一個鷂子翻身，射！
那股火箭升空的力道
瞬間引爆滿場迸破胸臆的熱情

而後，在汗下如雨的畫面上
所有精疲力竭的視覺都自動倒帶
聚光燈下，你看見
一個英雄
從遠處一個不知名的起站走來

在轉捩點上

那一刻——
失速的夢境，失足
墜跌入時空的黑洞中
出軌的思緒
也以非拋物線的角度
被摜出猝然失重的宇宙

而後，緊急煞停的前塵往事
紛紛撞碎在生命的急轉彎處

……諸神緘默的空茫裏
方位不明的記憶

慌忙張網
依舊捕撈不著
每一瞬間的心靈悸動

只有那篇域外迷航的日記
被再生為一幕袒裸的劇本
靜靜等待一個陌生的跫音
重新落定

枯

旱季來臨

焦渴的筆尖
暴斃在
龜裂的稿紙上

今生有約

任他光影推移……
我的心
始終是陽光下的繁花
耐心守候
這一樹的盛開

輯六

候鳥之歌

*之一

蹦跳的心
是季節的節拍器
鼓動的羽翼
伴舞著氣流的旋律

乘著跨越海平線的風
我們總是如期赴約

以不羈的行草
為這留白的天地

揮灑
一筆空靈的禪意

*之二

又是起飛的季節
又是從此岸
到彼岸的掙扎

年年歲歲
我用雙翼裁剪著時空
不曾抖落的
卻是這一身宿命的
不可承受之重

飛吧！毋須再遲疑
也不必追問海風的故鄉
岸，總是在遠處
或不遠處——
那盞燈火亮起的方向

夜無眠

*

晚風吹涼了
餘溫猶存的暮色
星子就一一醒來了

*

月光總是有情的
痴痴守望
滿天閃爍的心願
夢，因此發亮了

*

詩意如醇醪
在心的角落裏私釀
飲著飲著
夜，就這樣醉了

出色（二則）

*邂逅一簇紫蘿蘭

這豔遇，迎面撲將過來
那樣搶眼而毫不潑辣的
深深淺淺的粉紫
嫋嫋婷婷簇擁著
翻出牆頭
只幾筆寫意
就塗銷了季節的蕭瑟
這華麗，即便萎謝
也是無關蒼涼的

那樣姿色唯美的花魂啊
只合款款走入古畫
醉臥美人髮際
化做春睡未醒的秋思

*桃之夭夭

這濕冷寒意
總是欲去還留
可瓶中瑟縮的禿枝
卻已耐不住要
探頭　舒展歡顏
那樣羞赧又放浪的花色啊
冷不防就紛紛爆裂
灼灼然——
解凍了滿室流連的陰鬱

凝視

——側寫女兒與她的貓

眼對眼，心對心
誰說我們
只是相看兩不厭？
誰管它
室外的風風和雨雨？

只要懷抱著親愛的小貓咪
這滿心歡喜
肯定勝過千言萬語

這心眼相照的凝視啊
已足以——
將生命中最美好的時刻
永遠定格在記憶裏

水舞

奔躍、旋轉、投射
以最完美的身段
釋放——
最完美的舞姿

一群掙脫魔咒的小精靈
乘著歡快的音符
在炫亮的燈色中
揮灑一場華麗的夢境

水花激情奔放的時刻
我聽見夜的歡呼！

豔遇

彷如一樁偶發事件
原以為——
這春雨總也不停

而後，天洗淨了臉
而後，心睜開了眼

空氣中釋放出
冷藏一季的歡愉
人行道上的腳步
轉趨年輕

籬牆內的洋紫荊
匆匆
架起一排粉色紗帳來

甦

這一刻——
所有沉睡的種子
都要舉臂伸展懶腰
所有褪盡鉛華的枝椏
都要重新盛妝

所有蟄伏的心情
都要振翅
高飛

春汛

喜歡風
喜歡雨
喜歡在街角
與你不期而遇

胸臆間
彷彿有什麼在迸裂
是冰凍三尺的心
一吋一吋
回暖的感覺

夜正騰沸

——記元宵燈會

今夜，豈可無夢？
千盞燈火接駁萬盞燈色
燈火輝煌
鬧嚷嚷串連起一街燦爛繽紛
燈色亮麗，灼灼挑逗著
每一雙怦然驚豔的眼神！

今夜，豈可無風？
一夜魚龍引爆火樹銀花
魚龍翻騰

翻舞出風姿撩人的夜色
花樹燦放，閃閃
妝飾著七彩琉璃的紅塵

夢無眠，而風已微醺
今夜——又豈可無詩？

今生有約

*

總是
安靜地等待你的到來
任他光影推移——
我的心
始終是陽光下的繁花
耐心守候
這一樹的盛開

*

與你結識，在前世

某個遙遠的午後
蟬聲滿天……
你從相思樹下走來
為我浮沉熱浪的心境
捎來一方綠蔭清涼

陶甕

無關驚豔，這只是
一場心靈磁吸的邂逅

既是相看不厭
又何需執意探究彼此身世？
我只知，那小小的軀體
已然走過一路高溫高熱的
烈火紋身
儘管終究沒能蛻變浴火鳳凰
只是素顏面對人世
穿著一襲教人心安的泥色

安心等候
一段屬於自己的塵緣

這小小的陶甕啊
因此在我的視覺定格定位
時而簪上一朵鮮明花色
和我卸妝的靈魂朝夕對話
時而投入幾分寂寥閒情
用來儲釀
一罈淡淡的詩意

後記：遊水里蛇窯，在滿園琳琅的陶藝品中，獨鍾一只土色小陶甕，購置書房，權當花器。

等待一朵花開

都說：一花一世界
在水色回暖的池畔
守候一株睡蓮的甦醒
一個完整的宇宙
就在你荒蕪的心園
層層展開

都說：一葉一菩提
在和風輕語的樹下
拈拾一朵無心飄落的微笑
那回眸轉瞬間的悸動啊

就在你枯寂的眼塘中
定格成涅槃

國家圖書館出版品預行編目

推開一扇面海的窗 / 莫云著. -- 一版. -- 臺北市 ：
秀威資訊科技, 2008.04
面； 公分. --（語言文學類；PG0180）

ISBN 978-986-6732-96-6（平裝）

851.486 97005472

語言文學類 PG0180

推開一扇面海的窗

作　　者 / 莫　云
發 行 人 / 宋政坤
執 行 編 輯 / 林世玲
圖 文 排 版 / 郭雅雯
封 面 設 計 / 蔣緒慧
數 位 轉 譯 / 徐真玉　沈裕閔
圖 書 銷 售 / 林怡君
法 律 顧 問 / 毛國樑　律師
出 版 印 製 / 秀威資訊科技股份有限公司
台北市內湖區瑞光路583巷25號1樓
電話：02-2657-9211　傳真：02-2657-9106
E-mail：service@showwe.com.tw
經　銷　商 / 紅螞蟻圖書有限公司
台北市內湖區舊宗路二段121巷28、32號4樓
電話：02-2795-3656　傳真：02-2795-4100
http://www.e-redant.com

2008 年 4 月　BOD 一版
定價： 180 元

讀　者　回　函　卡

感謝您購買本書，為提升服務品質，煩請填寫以下問卷，收到您的寶貴意見後，我們會仔細收藏記錄並回贈紀念品，謝謝！

1.您購買的書名：____________________

2.您從何得知本書的消息？

□網路書店　□部落格　□資料庫搜尋　□書訊　□電子報　□書店

□平面媒體　□ 朋友推薦　□網站推薦　□其他__________

3.您對本書的評價：(請填代號　1.非常滿意 2.滿意 3.尚可 4.再改進)

封面設計____　版面編排____　內容____　文/譯筆____　價格____

4.讀完書後您覺得：

□很有收獲　□有收獲　□收獲不多　□沒收獲

5.您會推薦本書給朋友嗎？

□會　□不會，為什麼？____________________

6.其他寶貴的意見：____________________

____

____

____

讀者基本資料

姓名：____________　年齡：______　性別：□女　□男

聯絡電話：____________　E-mail：____________

地址：____________________

學歷：□高中(含)以下　□高中　□專科學校　□大學

□研究所(含)以上　□其他__________

職業：□製造業　□金融業　□資訊業　□軍警　□傳播業　□自由業

□服務業　□公務員　□教職　□學生　□其他__________

請貼
郵票

To：114

台北市內湖區瑞光路 583 巷 25 號 1 樓

秀威資訊科技股份有限公司　　　收

寄件人姓名：

寄件人地址：□□□

(請沿線對摺寄回,謝謝!)